ぐりとぐらの1・2・3　NDC 913　24p　13×13cm

中川李枝子 さく／山脇百合子 え

2004年10月15日発行　2005年10月10日　第3刷　印刷　精興社／製本　大村製本
発行所　株式会社 **福音館書店**　〒113-8686 東京都文京区本駒込6−6−3
電話　販売部 (03) 3942−1226／編集部 (03) 3942−2082　http://www.fukuinkan.co.jp/

1, 2, 3 WITH GURI AND GURA

Published by Fukuinkan Shoten Publishers, Inc., Tokyo, 2004.　Printed in Japan

●乱丁・落丁本は、小社制作課宛ご送付ください。
送料小社負担にてお取り替えいたします。　ISBN4-8340-2008-8

おとしは　いくつ？
1ねん　たつと
もうひとつ　ふえる
おたのしみ

やさいしんぶん
10月10日
トマト
とくしゅう

10

トマトの　とうさん
10がつ　10かに
トマトジュースを
10ぱい　のんだ

9

くまさんは
くしゃみ　9かい
やったあと
ハンカチ　9まい
あらって　ほした

ばらが　８りん
さきました
みつばち　８ぴき
はちみつ　あつめに
ぶんぶんぶんぶん

からす
の
なな七
ふしぎ
七羽のからす
うたのほん
からすのかすてら
からすてら
まめのから
すてる?
からすの
たから
すてき

7

ななちゃん　7さい
ほんを　7さつ
よんで
ななつの　くにの
ことばを　はなす

6がつ　うまれ
むっつになったら
おいわいに
ろうそく　6ぽん

5

5わの　ことりの
コーラス
5きょく　うたった
ごほうびは
ごま　5つぶ

にんじん
おおば

4

4にんかぞく
シナモンドーナツ
よっつに　きって
4とうぶん

3

みけねこ　サーカス
さんりんしゃで
さかだち
3びきのり

2

ふたごの　ふたり
2かいの　まどから
ふうせん　ふたつ
とばした

1

いのししが
いっぽんみちで
みつけた
いちご　ひとつ

ぐりとぐらの 1・2・3

なかがわ りえこ さく
やまわき ゆりこ え